和科学家一起探案

飞艇上的阴谋

齐柏林身边的侦探故事

［德］安内特·诺伊鲍尔　著

［德］约阿希姆·克劳泽　图

李丹宇　译

中国人口出版社
China Population Publishing House
全国百佳出版单位

著作版权登记合同
图字：01-2014-7645

图书在版编目（CIP）数据

飞艇上的阴谋 / （德）诺伊鲍尔著 ； 李丹宇译． -- 北京 ： 中国人口出版社， 2015.7
（和科学家一起探案）
ISBN 978-7-5101-3171-4

Ⅰ．①飞… Ⅱ．①诺… ②李… Ⅲ．①儿童文学－侦探小说－德国－现代 Ⅳ．①I516.84

中国版本图书馆 CIP 数据核字（2015）第 034668 号

飞艇上的阴谋

［德］安内特·诺伊鲍尔　著
［德］约阿希姆·克劳泽　图
李丹宇　译

出版发行　中国人口出版社
社　　长　张晓林
网　　址　www.rkcbs.net
电子邮箱　rkcbs@126.com
总编室电话　(010)83519392
发行部电话　(010)83534662
传　　真　(010)83519401
地　　址　北京市西城区广安门南街 80 号中加大厦
邮　　编　100054
印　　刷　三河市天利华印刷装订有限公司
开　　本　787 毫米 ×1092 毫米　1/32
印　　张　4
字　　数　80 千字
版　　次　2015 年 7 月第 1 版
印　　次　2015 年 7 月第 1 次印刷
书　　号　ISBN 978-7-5101-3171-4
定　　价　16.00 元

目录

银色的雪茄

“太不可思议了！这里真是太漂亮了！”海因里希靠在阳台的栏杆上，手遮在着眼睛上方挡着阳光。这是盛夏的一天，天空万里无云，阳光灿烂，正午的空气烫得似乎要烧起来。尽管海因里希穿着短裤短袖，他还是热，能感觉到汗正顺着脊背流淌下来。

“这儿简直跟沙滩一样。”海因里希的妹妹埃娃说。她就站在海因里希的身边。埃娃穿着一条海军风格的连衣裙，里面还穿着泳衣，一会儿去沙滩时用得上。她长长的金发松松地扎成一个马尾，这会儿她正跟哥哥一起眺望着远处的地平线。

“蓝蓝的水，蓝蓝的天，后面是阿尔卑斯山。”埃娃满意地说道。好像是要对这位小姑娘的称赞表示赞同，一只海鸥大声叫着飞过海滩，转了一圈又一圈，好像正在寻找食物。

海因里希说：“显而易见，博登湖[①]是德国最大的湖。在这儿过暑假真是太棒了！我们可以天天游泳、钓鱼。”

“埃娃！海因里希！快回来，吃饭了——”他们俩听见伯母在里面喊。饭桌就在阳台上，阳台的门开

①注：德国最大的内陆湖，位于德国、奥地利和瑞士三国交界处，是颇受欢迎的旅游地。

着，屋子里被照得透亮，里面有一个大大的椭圆形的桌子，桌子上还摆着银色的烛台。

“我快饿死了！”海因里希边说边走向饭桌。埃娃也饿了。女管家玛丽亚在饭桌上铺上一块白色的桌布，又端上一盘烤鱼，伯母伊莎贝拉把一盘土豆推到饭桌中间，抬头对她的侄子和侄女微微一笑，“快吃吧！”

兄妹俩坐了下来。海因里希立刻把烤鱼放到自己跟前，边吃边说道：“嗯！真好吃！这是烤鳟鱼吗？”

“这是我们这儿的特产！”伊莎贝拉伯母抚平自

己的裙子也在桌边坐下，说道："是博登湖里的白鲑鱼，可好吃了。"伯母又把土豆放在埃娃面前："多吃点吧，颠簸了一早上，你们肯定饿了。"

埃娃几乎不敢相信，今天早上他们还和爸爸、妈妈在拉文斯堡①呢！妈妈把兄妹俩送到火车站时，还喋喋不休地叮嘱了他们一大堆要注意的事项。可是这兄妹俩几乎都是左耳进右耳出，因为他们太兴奋了，对暑期旅程太期待了。

埃娃开心地看着伯母，说："这儿真是太棒了。我们能在腓特烈港②这么漂亮的房子里过暑假真是太幸运了。"

伯母赞同道："是啊，正好我们的朋友汉斯要去瑞士几个星期，这样我们就可以在他的别墅里住一段时间了。"她展开餐布，继续颇为自豪地说道："汉斯还是你们伯父的忠实粉丝呢！虽然汉斯最近自己……"伊莎贝拉突然停住了。

①注：是巴登－符腾堡州的一个城市。
②注：是位于博登湖北岸的一座县城，也属于巴登－符腾堡州。

“最近自己怎么了？”海因里希追问道。

“啊，没什么。”伯母简短地回答，又拿起刀叉。

“费迪南德伯父呢？”埃娃边往盘子里盛沙拉边问，“他不来跟我们一起吃中午饭吗？”

伊莎贝拉显出一丝担心：“你们费迪南德伯父最近忙得不得了。这意味着什么，你们是知道的。”

海因里希和埃娃专注地看着伯母。他们知道，伯父是一个满脑子创意、事业心很强的人。他走到哪儿，哪儿就充满活力。他一直在为追求自己的梦想——建造一个能自由飞翔的飞艇[①]——而奋斗。飞艇跟热气球[②]的区别是：飞艇是有动力、可以驾驶的。他目前正在建造的飞艇就安置在离这里不远的曼泽尔[③]的一个大厅里。

①注：有自己的动力设备、可以被驾驶的空中交通工具。飞艇一直服役到 20 世纪 30 年代，最后被飞机取代。

②注：是一种与飞艇不同的空中交通工具，靠加热气球产生的浮力飞行，因为它没有发动机。齐柏林 1863 年在美国曾经坐过热气球，那是他第一次坐热气球。正是这次经历让他萌生了建造一个“可以驾驶的气球”的想法。

③注：腓特烈港的一个城区。飞艇的车间就建在曼泽尔的河湾里。第一个齐柏林飞艇就是从这里起飞的。

“建造这个新飞艇有什么困难吗？”埃娃有些担忧地问伊莎贝拉伯母。

伊莎贝拉伯母轻轻地抚了一下自己的额头，好像要赶走脑子里的一些不好的想法似的。她叹了口气，摇了摇头：“不，没有。我确定这一次一定会成功的。这是一个非常了不起的飞艇，穿行在云中的时候真像一支巨大的银色雪茄。”

“那费迪南德伯父飞过……不，我的意思是说，

开过这个飞艇吗？”海因里希问。他还不太习惯像说“开船”那样，自然地说“开”齐柏林飞艇[①]。

“嗯，当然开过了！费迪南德上个月就开着飞艇横穿了瑞士。你们也许想象不到，连符腾堡的国王、王后都坐过飞艇呢！”伊莎贝拉明亮清澈的眼睛扫过海因里希和埃娃。突然，她的眼神黯然下来。她闭上眼睛，双手捂脸：“你们知道吗，有时候我……只有这样想才能……”

还没等伊莎贝拉伯母说完，门突然开了，一个矮小结实的男人走了进来。“你们已经吃上了！”他一边问候三个人，一边把他白色的艇长帽摘下来放在衣帽架上。

“伯父！”埃娃边叫边扑进他的怀里。齐柏林看到他的小侄女这么兴高采烈地欢迎他，不禁大笑起来。比埃娃大两岁的海因里希此时也迫不及待地问候伯父，费迪南德伯父热情地拍了拍他的肩膀。习惯性

①注：齐柏林的飞艇取得了巨大的成功，所以他还在世的时候人们就用他的名字为飞艇命名。

地捻着自己的白色小胡子。海因里希每次见到伯父捻胡子，都觉得那样子像极了一只海豹。想到这里他不禁笑出声来。

“你们来了，真好！”费迪南德伯父的声音浑厚而低沉，“屋子里总算有点生气了！自从我们的女儿海伦搬到她丈夫那里之后，家里实在是太安静了。”

然后他看着伊莎贝拉，伊莎贝拉也用充满爱意的眼神看着他。

“亲爱的，你做的饭闻起来还是那么香！”伯父在伯母的两颊各吻了一下，然后也在桌边坐了下来，坐在海因里希和埃娃的中间。“祝大家胃口大开！”他说完就拿起盘子，给自己盛了一些土豆。

吃饭期间，伯父打听了海因里希和埃娃父母的近况，他的问题很琐碎，问他们身体是否健康，公司的销售情况怎么样，什么时候才能休假等等。海因里希和埃娃非常想问伯父他们能否乘坐一次飞艇，但是一直没有找到开口的机会。吃过甜点之后，费迪南德伯父突然站了起来。

“现在我必须回车间了[①]。”他一边解释一边走向衣帽架，“我们这次人类历史上最长的飞艇飞行要推迟几天。”

“至少再喝一杯咖啡再走吧！”伊莎贝拉问道，“你工作起来太不要命了！”

“嗯，你是对的。”费迪南德嘴上承认着，手上却一分一秒也不耽误，他很快戴好帽子，拧动门把手：“今天下午我会早点儿回来，跟你们一起度过一个美好的夜晚。”

费迪南德走出大门时，伊莎贝拉用充满怀疑的眼

---

①注：博登湖上的漂浮车间早在 1899 年就建好了，可以在起飞前根据风向转向。

神看着他的背影。她眉头上的皱纹现在更加明显了。然后她转身看着海因里希和埃娃，挤出一个微笑："你们下午计划做点儿什么？要不要趁天气好去湖边玩玩？"

"耶！真是太好了！"埃娃高兴地说，"我们想去游泳！"

"我怕热，就不去了。"伊莎贝拉推辞道，"我更愿意待在凉快的地方看看书。你们要不要也带上一本书？"

"好啊！"海因里希回答。埃娃也赞同地点点头。

"书房就在对面。"伊莎贝拉边说边指了指走廊尽头的一扇打开着的门，"那你们快去吧！好好玩！"

海因里希和埃娃赶忙站起来离开饭桌，向书房跑去。看到高高的书架和上面摆着的满满的书，他们忍不住惊叫起来。不一会儿，他们就在一个角落发现了一把舒适的摇椅，旁边还有一张小小的木桌。木桌上摆着一个烟灰缸，里面有一支雪茄。烟灰缸旁边是一

本书和一支钢笔。

“这个地方好像是费迪南德伯父的最爱啊！”海因里希说。

他情不自禁地拿起书翻了翻。“果然是！咱们的伯父本来就是研究氢气①的物理特性的嘛。而且飞艇的动力就是氢气。”海因里希向埃娃解释着。

“让我也看看！”好奇的埃娃想把书从海因里希手里抢过来。但她没拿好，书掉到了地上，书里掉出

①注：密度比空气小，是飞艇的动力燃料。氢气的特点是热胀冷缩，所以在高温状态下一定要放气以预防超压。

了一张小纸片。埃娃把纸片捡起来，辨认着纸片上的字迹。

“快看看伯父写的什么！”她兴奋地问，“跟飞艇有关系吗？他的字可真难认。”说着埃娃就把纸片递给了海因里希。他们俩一起认了一会儿，终于看清了纸片上的内容。

纸片上写着什么？

一个巨大的挑战

“伯父写的什么意思？”埃娃问道，“看起来很神秘啊。”

海因里希耸了耸肩，表示毫无头绪：“费迪南德伯父和伊莎贝拉伯母经济上好像出了大麻烦。”他挠挠头，想了想，“也许这就是伯母担心的事情。”

“很明显，费迪南德伯父也不想让海伦姐姐担心，直到最后一刻他还在犹豫，是否不写这封信了。”埃娃说出她的想法。

“伯父肯定是完全接管了飞艇，还把所有的家当都搭了进去。”海因里希边说边摇头，“这是他多年来一直想做的事。”

埃娃把纸片小心翼翼地夹回书里，合上，放回原位。

“所以伯父才会这么害怕这次飞行计划失败？”海因里希沉思着把手插进裤袋，“毕竟这是他建造的第一艘飞艇。”

“妈妈不是不止一次地说过吗，伯父的试飞到现在为止都没有成功过。”埃娃走到书架前，“不管怎样，我们看了不该看的东西。现在还是找本书赶紧去沙滩吧。我在书房里觉得特别不舒服，好像我们干了什么不该干的事一样。”

“看别人的信确实不应该。”海因里希不情愿地承认。他走到埃娃旁边，从书架上抽出一本博登湖的画册。兄妹俩找到适合自己的读物后，就跑上楼梯冲回自己的房间，换好了衣服，把泳具装进一个大挎包里。不一会儿，他们又回到楼下，跟伯母告别。伊莎贝拉躺在一把躺椅上，扇着扇子，祝兄妹俩玩得开心。

沙滩离别墅很近。沙滩上到处是人，游客和本地人有的一个挨一个地躺在阳光下，有的打球，有的吃冰激凌，有的泡在湖水里给自己降温。兄妹俩找到空地后铺开浴巾，拿出泳具，然后向着博登湖冲去。

“这儿真舒服！”埃娃在水里游了几下，喊道。海因里希也沉浸在清凉的水中。游累了之后他们上了岸，回到他们找的空地上，趴在沙滩上看书。

一个下午就这么过去了。

“齐柏林那个老家伙真是厉害，简直不可思议！”突然，埃娃听到她旁边一个坐在麻垫上的年轻男子说出这样的话。埃娃用胳膊肘轻轻地碰了碰她旁边的哥哥。其实海因里希也已经听到了，他正竖着耳朵继续听呢。

“总之，我很佩服他的勇气和耐性。”那个男子身边的女人回答道。她穿着一件过膝的深色裙子，戴着一顶草帽：“坐这么个庞然大物在天上飞，感觉一定不赖。”

“你会顺利地坐上它的。”她身边的男子用浴巾擦了擦额头上的汗，“但是你跟我一样清楚，齐柏林的第一艘飞艇根本就没飞起来，现在还在博登湖。第二艘飞艇因为暴风雨坠毁了。”

“听说他的第三艘飞艇被军队买了。”女人插嘴说，“从空中看这个世界，还有在失重的状态下飞过群山和森林的感觉一定棒极了。”

“我是无论如何不会坐这个大东西的！”年轻男人一边说一边跳了起来。“咱俩别吵了，还是一起去游游泳吧。”他说完伸手拉起了他的女朋友。不一会儿两个人就说说笑笑地走到湖边，消失在人群中。

海因里希把书放到一边，转头看着他的妹妹，若有所思地说：“现在咱们知道费迪南德伯父为什么为钱担心了。”

“所以他现在建造的是第四艘齐柏林飞艇。”埃娃吃惊地说，“怪不得伊莎贝拉伯母要担心了。一个飞艇就已经很贵了，不但需要很多材料，还要给雇工发薪水。”

“光是用来造飞艇的车间就一定很贵。”海因里希皱起眉头。

“现在几点了？”埃娃把浴巾塞进挎包里，“怕是该吃晚饭了。”

海因里希也把东西收拾了一下。然后他们散步回到了别墅。

“埃娃！海因里希！”看见两个孩子往家里走，费迪南德伯父站在阳台上朝他们挥手，“为了你俩，今天晚上我就不工作了。”

兄妹俩赶紧加快了脚步，很快到了费迪南德伯父跟前。伯父坐在一把藤椅上，腿上放着一个本子，上面是一些数字和公式。

“你们俩也过来坐。”费迪南德伯父指着旁边的两把空椅子。

“您在算什么呢？”海因里希一边好奇地问着，一边把挎包随意地丢在茶几上。费迪南德伯父犹豫了一下，回答说："我不想隐瞒你们。马上要进行的试飞对我来说非常重要。造这样一个飞艇要花很多钱。"费迪南德伯父点燃了一支烟，夹在手指间，好像正在寻找合适的表达方式。海因里希和埃娃意味深长地交换了一下眼神。

“现在飞艇对国家的发展有着非常重大的意义。所以政府想支持我的计划。但是他们对飞艇的性能有很高的期待——我们的飞艇必须能在 24 小时内飞行 700 千米！”

费迪南德伯父刚说完，电话突然响了。“不好意思，这个电话应该是部长打来的。”费迪南德伯父说着站了起来。他进屋之前把写着数字和公式的练习本摊开着放在了桌子上。海因里希看着这些数字，不一会儿就知道了答案。

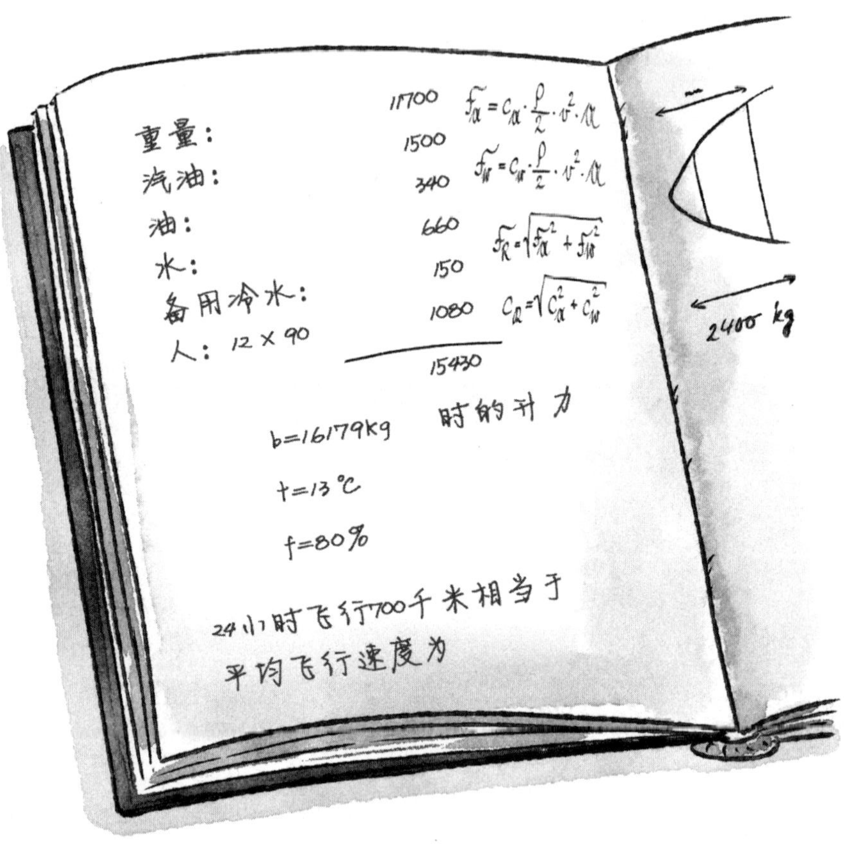

?飞艇的平均速度必须要达到多少?

漂浮的车间

过了一会儿，费迪南德伯父搂着伊莎贝拉伯母回到了阳台。“你们猜怎么着？德意志帝国要买下我的公司！”费迪南德伯父表情很是开心，“他们打算花200 万德国马克[①]。”

“真是不敢想象！”海因里希惊叹道。

“我始终坚信你一定能成功的。”伊莎贝拉伯母脸上洋溢着幸福的笑容，吻了一下丈夫的脸颊。

“但是这是有条件的。政府要求我证明我的飞艇适合飞行，并且是经得起考验的。我必须在 24 小时

①注：德国马克是 1924~1948 年间使用的货币。德意志帝国时期实行金本位挂钩制度，史称“金马克”。

内飞到美因茨[1]，再飞回来。”

“能带我们一起去吗？”海因里希马上问道，他激动得从椅子上跳了起来。

“这恐怕不行。这次不能带你们去。这次旅程很长，有碰到暴风雨的风险。”费迪南德伯父解释道。他眺望着远处倒映着夕阳的博登湖。

“那我们明天至少能和你去参观一下车间吧？”埃娃颇有些失望地追问。

“没问题！但是现在得先吃饭——羊肉闻起来真香。”伯父亲切地回答。

第二天一早，伯母就叫醒了海因里希和埃娃。餐桌上已经放好了新烤的面包。不一会儿，费迪南德伯父走过来大声说道：“早上好！”

埃娃正在往她的鸡蛋上撒盐：“您不坐吗？”

“我已经起床好一会儿了，早饭也已经吃过了。

①注：是德国莱茵兰－普法尔茨州的首府和最大城市，它位于莱茵河左岸，正对美因河注入莱茵河的入口处。

那会儿你们俩还在睡大觉呢。”伯父微笑着回答，“再过 5 分钟我们就出发。去曼泽尔的马车已经准备好了。”

“我几乎没怎么睡，因为我太兴奋了，终于能见到飞艇了！”海因里希迫不及待地把餐布放到盘子旁边。

“我看出来了，你确实很着急。”伯父大笑着说。

“我也准备好了！”埃娃一边喊一边又从盘子里抓了一块面包。

几分钟后，他们坐上了马车。费迪南德伯父坐在驾驶台上，手里握着缰绳，海因里希和埃娃坐在后座上。

早上的空气凉爽而清新。兄妹俩看着路边的博登湖和苹果树。马车行驶了几千米之后，远处出现了一个海湾。

“我们马上就到了。看——车间好大啊！”海因里希对埃娃说。他指着一个长长的、矗立在水中央的建筑。

随着一声“吁——”费迪南德把马车停在湖岸边。他从马车上跳了下来，海因里希兄妹俩也从车上爬了下来。

他们走过渡板，另一头拴着一艘准备好的小船。费迪南德伯父先上船，然后向海因里希和埃娃伸出手去。不一会儿，他们俩也上了船。

“这个车间为什么能浮在水面上呢？”埃娃一上船就问道。

“在这个车间的水下面有很多连在一起的漂浮体[①]，是它们承受了车间的重量。”费迪南德一边解释一边划着船向前行。

“那为什么不直接把这个车间建在陆地上呢？”埃娃又问道，“那样不是更简单吗？”

“这样建车间当然更容易，但是飞艇起飞就麻烦了。”伯父解释说，“一个漂浮的车间可以在飞艇起飞和降落的时候掉头。啊，我们的装配师[①]勃兰登堡来

---

①注：齐柏林飞船的“肚子”，是由一个铝制的支架和包在支架外面的布罩组成的。漂浮体里还有许多相互独立的氢气气箱，它们是飞艇飞行的动力。

了。”下船后，费迪南德伯父向一位身材矮小、深色头发、穿着白色罩衫的男人打着招呼。勃兰登堡正疾步穿过车间跑过来。

“您好！齐柏林先生！”勃兰登堡跑到他们面前打招呼。

“勃兰登堡是个不知疲倦的人。没有他我们的技术不会有这么大的进步。”伯父介绍着。他们一行四人沿着数米长的气球行走，气球上还拴着同行人员乘坐的吊舱[2]和需要安装的机器。LZ-4[3]的机舱以前从来没有用氢气气填充过，不过吊舱和机器的重量跟庞大的飞艇比起来简直就是小巫见大巫。

“如果车间可以掉头，”海因里希突然有了灵感：“那么飞艇的起飞就不受风向的影响了，对吗？”

“否则逆风的时候飞艇就可能无法起飞。”埃娃确定地说。

---

①注：装配仪器、机器、支架的专业工人。
②注：吊舱是用来运载乘客和装载发动机等机器的，它们被牢牢地固定在飞艇的支架上。
③注：是齐柏林飞艇 4 号的简称，也是齐柏林所建造的第四艘飞艇。

“没错！除此之外，博登湖是个非常理想的飞行场地，而且是符腾堡国王允许我使用的。”伯父补充道。

“这个飞艇究竟有多长？”埃娃问，她几乎跟不上伯父行走的速度。

“它有整整 136 米长，直径是 13 米。”伯父很乐意回答这样的问题。

“那么它几乎是一般房屋的两倍高。”海因里希一边感叹一边怀着敬畏的心情看向飞艇的顶部，不小心撞到了一个迎面走来的瘦高个儿男人。

“对不起！”海因里希立刻尴尬地道歉。

那个男人还没来得及回答，费迪南德伯父就问候他道：“啊，沃尔夫先生，您还是老样子！”这个沃尔夫看起来不到 40 岁，但是已经谢顶了，高高的额头下面是一双炯炯有神的眼睛。嘴唇上细长的胡子让他看起来颇为自负。

“你们好。”沃尔夫先生的声调很高。他仔细地打

量着海因里希兄妹俩，疑惑地挑起眉毛：“我们有客人？”

“我来介绍一下吧。他们俩是我的侄子海因里希和侄女埃娃，是来博登湖边过暑假的。”说完他又转身看着兄妹俩，道：“这是古斯塔夫·沃尔夫，是欧洲最优秀的工程师①之一。”

“请允许我提醒您，您接下来还有行程。政府方面要约您谈试飞合同的事情。”工程师不耐烦地打断

①注：受过高等教育、负责调试机器和仪器的技术人员。

了伯父的介绍，说，“部长先生马上就要到了。”

“是有这回事！他想跟我单独谈谈。”费迪南德捻了捻胡子，看着海因里希兄妹俩，“你们只能自己参观车间了。但是我们不会谈太久的——部长先生毕竟没有多少时间。”

伯父着急赶回出口的时候，海因里希和埃娃就和沃尔夫先生一起继续沿着走廊向前走。飞艇周围的脚手架上站着不计其数的工人，他们正在检查部分铝制支架。工人中间站着一个留络腮胡、身着西服的男人，他控制着金属弓的焊点。

“您好，阿诺德先生。”沃尔夫礼貌地问候着这位高大的同事，“一切还顺利吗？”

“非常顺利！”阿诺德简短地回答之后就又埋头工作了。

“这是我们的副艇长，”沃尔夫对兄妹俩说，“他驾驶飞艇的娴熟程度可以跟你们的伯父媲美。”

他们走上了一段木台阶，上去是飞艇前面的吊舱。

这个吊舱固定在漂浮物上，虽然跟飞艇比起来显得十分狭小，但里面却装着控制飞艇的方向盘。

不过，当兄妹俩提出要参观这个吊舱的时候，沃尔夫先生说：“抱歉。我现在必须处理一下美因茨试飞的最后数据，失陪了。你们的伯父肯定也跟你们强

调过这次试飞的重要性。”于是这位工程师快速走到了一面挂着三张设计图纸的墙边。海因里希和埃娃盯着他看了一会儿。

“真是个怪人。”海因里希对妹妹嘀咕，妹妹也赞同地点点头。海因里希站到方向盘后面，埃娃坐在一把固定在墙上、可以折叠的长椅上，想象着翱翔在云中的美妙。

“开飞艇的感觉一定很棒！”海因里希兴奋地说。被哥哥的情绪感染，埃娃也站了起来，走到他身边。她也想体会一下当艇长的感觉。

“快看，沃尔夫工程师在干什么？”埃娃指着那个瘦高个男人问道，“朝他走过去的那个人是不是装配师勃兰登巴赫？”

“是‘勃兰登堡’，”哥哥纠正道，然后也看到了勃兰登堡急速走到设计图那里。他指着墙上空白的地方，另一只手叉着腰，看起来在向沃尔夫要什么东西。沃尔夫则只是耸耸肩。

“我很好奇，为什么勃兰登堡看起来这么生气。”海因里希沉思着说道。

“我也是。”埃娃附和着哥哥，眼睛一直盯着这两个男人。

装配师勃兰登堡想向工程师要什么？

神秘的脚步声

“沃尔夫为什么要把设计图藏起来？”海因里希问妹妹，手撞了撞方向盘，“这绝不是什么好事。”

“也许他是不想让勃兰登堡看到设计图。”埃娃思考着说。

“可是这完全没有意义啊，他们可是同事呀。这肯定事关这次试飞的成功，”海因里希否定了妹妹的想法，“但是我们并没听清他们在吵什么。现在所有的工作人员都在超负荷工作，非常疲惫。也许勃兰登堡现在只是因为一件不重要的小事发脾气。”

“看呀！”埃娃指着车间大厅，“费迪南德伯父就站在压舱袋[1]旁边，他肯定正在找我们。咱们去找他吧！”

海因里希和埃娃赶紧走下楼梯，扑到了他们伯父的怀里。

“啊，原来你们在这里。”费迪南德伯父微笑着看着他们，对他们眨眨眼。虽然伯父极力想掩饰他的担心，但焦虑还是显而易见。埃娃很快就察觉出了伯父内心的不安。“跟部长先生谈得怎么样？”她问道。

“政府方面要求我们立刻试飞。”费迪南德伯父回答。他从背心口袋里摸出一根雪茄，却又立刻放了回去——大厅里是绝对禁烟的。“我们 8 月 4 日就必须飞往美因茨。”

“那就是明天！”海因里希喊了出来，因为慌乱而差点儿被堆在大厅墙根的衣料绊倒。

“没错。飞艇由我来开。”费迪南德伯父眉头紧锁：

①注：船舶最怕空舱，因为空舱容易翻覆。无论奇大无比的远洋油轮，或是小得只能在内河航行的小火轮，一旦把货卸净，不能马上就拉起汽笛一走了事，而必须弄点儿什么东西到空舱里压着，或用海水，或用石头，或用沙土，或用其他任何有重量的东西，术语称为“压舱”。

“但是我还需要助手。如果天气情况糟糕的话，这次飞行会非常艰难。”

“您要带谁去？”海因里希好奇地问。他的余光注意到有两个男人正使劲地拉着固定绳索。

“现在，肯定要让阿诺德做我的副艇长。”费迪南德伯父回答，“我一个人不能 24 小时开飞艇。除此之外当然还要带我的维护发动机的团队，包括机械师和装配师。”

“为什么我们俩不能去？”埃娃用乞求的语气说：“我们绝对不会给您添麻烦的。”

“这次试飞时间很长，对你们来说太危险了，”费迪南德伯父第一次在他们面前流露出严肃的表情：“等这次试飞成功，我们就一起坐飞艇横渡博登湖。我向你们保证。”

看到两个孩子失望的表情，费迪南德伯父挤出微笑：“现在我要把部长先生的命令告诉我的团队。然后我就带你们去看看发动机。”他安慰完两个孩子，就坚定地扶正了艇长帽：“沃尔夫和勃兰登堡无论如何必须得去。他们俩是最了解发动机的人，现在肯定在办公室检查飞艇的数据。”

费迪南德伯父一如平常风风火火地赶往办公室。挂设计图的墙后面有一间简易房，这是辅助工作的办公室。费迪南德伯父和海因里希兄妹进去的时候，勃兰登堡和沃尔夫分别坐在两张木桌前，屋子里安静得掉根针都听得见。

“我们美因茨试飞的日期确定了。”费迪南德伯父平静地宣布，“政府方面希望我们尽快试飞。所以我们明天就会起飞。”

“什么？明天就起飞！”勃兰登堡震惊地问。

“先生们，我希望你们一如既往地支持我。你们也清楚，我们现在正处在生死存亡的时刻。如果这次试飞失败，飞艇事业也就结束了。”费迪南德伯父平静地说道。

勃兰登堡猛地站起来，竟然把椅子撞倒在地：“要起飞我们就必须给气箱加氢气，拆除脚手架，把车间调成顺风方向……”

“所以请大家抓紧时间！”费迪南德伯父打断了他的话，“我希望你们跟我一起参与这次试飞。”

埃娃察觉到，那个装配师听到这句话之后脸色骤变。挠着后颈的沃尔夫听到这个消息似乎也不太舒服。

“现在我给你们一点儿时间。请你们马上通知所有人。”费迪南德伯父简短地说完，看了一眼手表：

“伊莎贝拉现在应该已经准备好午饭了。我离开一下，马上就回来。先生们，我相信你们一定会支持我。”

回腓特烈港的路上，费迪南德伯父和海因里希兄妹都沉默不语。一起吃饭的时候，费迪南德伯父也心不在焉。不一会儿，他们就坐上马车赶回了车间。一到车间，他们又沿着巨大的飞艇走开了。巨大的飞艇被足有拳头粗的绳索固定在地面上。他们三人路过一个固定在飞艇艇身的铝制吊舱时，费迪南德伯父停下了脚步。

“对了，我说让你们看看发动机来着。”费迪南德伯父抬起头，指着上方，“在下面看不见，我们必须要到吊舱里去。两个发动机——一个在前面的吊舱里，一个在后面

的吊舱里——它们是飞艇飞行的动力。”

“所以飞艇跟热气球不一样，飞艇是可以驾驶的。”海因里希总结了伯父的话。埃娃好奇地专心听着。

“说得不错，”费迪南德伯父夸奖了他，继续疾步向前走，“要去看后面的发动机，我们就必须要从前面的吊舱里的连接板上走过去。那是去飞艇里所有吊舱的必经入口。”

他们三人一起踏上楼梯。走到舱板上时，飞艇的脚手架还在他们头上面。氢气箱[①]还没有加气。他们沿着狭窄的台阶往上走时，突然听到一阵轻微的“啪嗒啪嗒”的台阶震动的声音，就好像有人正在他们前面跑一样。没等他们三人反应过来，周围又安静了下来。

“刚才是谁？”费迪南德伯父大喊。他停下不动，并且把食指放在嘴唇中间，示意海因里希和埃娃安静。他们一动不动地站了一会儿。

①注：飞艇中储存氢气的空间被划分成许多更小的气箱，以防万一有一个漏洞，全部氢气都会漏掉的危险。

“太奇怪了。我肯定是听到了脚步声。”费迪南德伯父若有所思地边说边继续往前走。

走了一段之后，他们又来到了一个通往装着发动机吊舱的小梯子面前。费迪南德伯父先爬了上去，接着海因里希和埃娃也爬了上去。他们终于看到了发动机——它足足占了吊舱的一半。

海因里希擦了擦额头的汗。“我认为真的有人来过这里，”他沉思着说道，“而且他离开的时候跑得很匆忙，还落下了东西。”

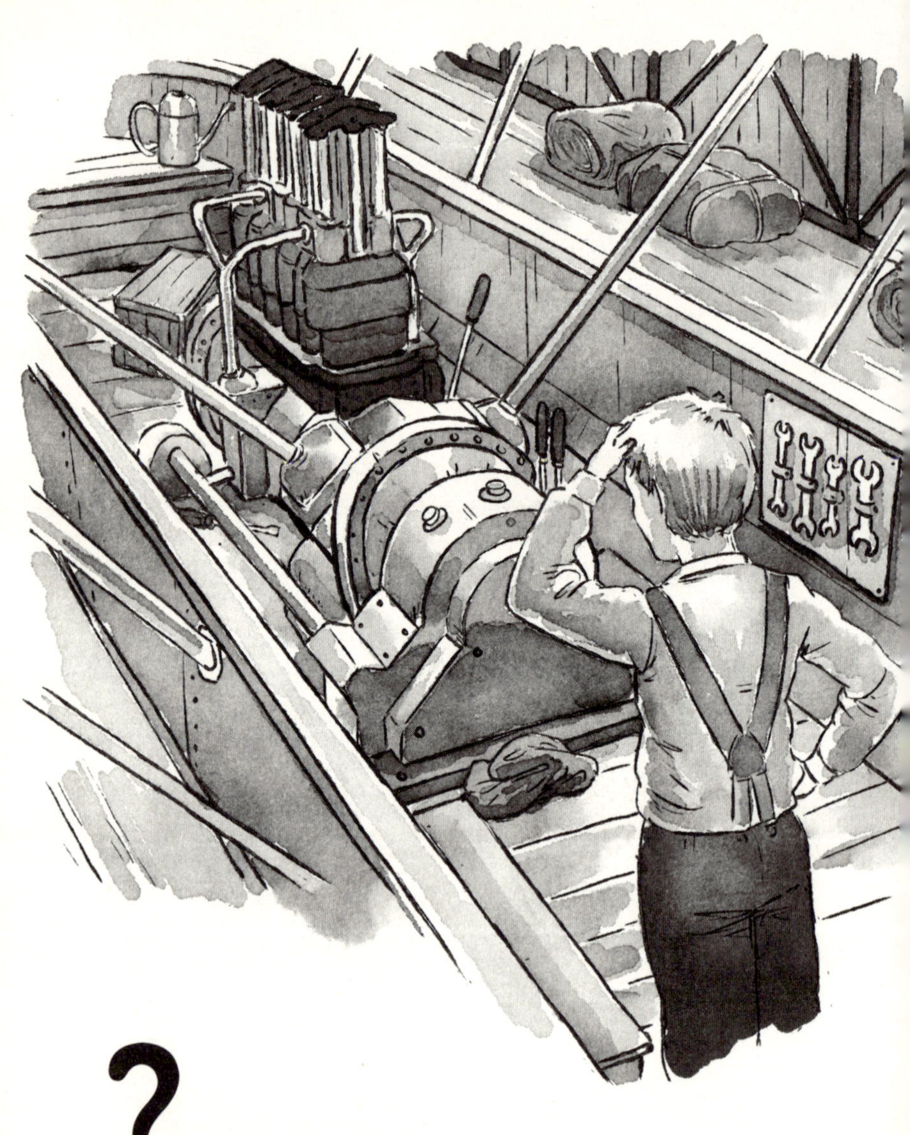

?海因里希发现了什么?

叛徒

“你是说，有人把工具落在了这里，因为我们来这里惊动了他？”埃娃问道。她捡起了那把掉在地上的螺丝刀：“这到底是怎么回事？难道说是有人在躲着我们？这意味着什么？”

他们的伯父捻了捻胡子，看了看兄妹俩，有些生气地说：“你们的想象力也太丰富了！没人会躲我们。因为没有理由。”

费迪南德伯父爱惜地抚摸着发动机光滑的机身。钢制的汽缸和排气管被擦得闪闪发亮，润滑油也是刚上过的。“你们现在看到的是飞艇的心脏。这些发动机带动机身两边的螺旋桨，然后螺旋桨又带动LZ-4的导航系统。明天我就要在这里，站在方向盘后面开飞艇了。”他似乎陷入了自己的想象中。没过一会儿，费迪南德伯父开始讲解发动机的工作原理，可舱板突然又响了起来，声音不断接近。片刻，就看见了一双鞋，接着是腿，最后是沃尔夫整个人。他从梯子上爬下来，气喘吁吁地跑到费迪南德伯父面前。

“一个来自博登湖信使组织的记者想给您做一个采访，刊登在明天的日报上。”沃尔夫说完已经筋疲力尽，“他正在办公室等您。”

“谢谢您来通知我，”费迪南德伯父平静地说，“我马上过去。”他转身看着海因里希和埃娃，“希望你们不要生气，但是咱们今天的参观必须到此为止了。采访事关重大。让公众对飞艇有积极的认识是非常重要的。说不定我很快就又能找到支持我项目的投资人了。”

“但是政府不是在支持您的计划吗？”海因里希插嘴说。

“那是在我完成他们的要求的前提下。”费迪南德伯父提醒他，“在金钱上依赖别人，不得不去完成别人要求的事情，总归是不好的。”

说最后一句话的时候，费迪南德伯父已经爬上了楼梯。海因里希、埃娃和沃尔夫也跟着他爬了上去。然后他们快速地返回舱板，很快就又回到了地面。他们路过贴着设计图的地方时，埃娃差点撞上刚从办公室里出来的勃兰登堡。

“齐柏林先生，”这位装配师紧张地说，“日报记者正等着您呢。”然后勃兰登堡就跑到戴着护面具正在焊接金属弓的工人那里去了。

“你们活儿干得怎么样？”勃兰登堡兴奋地喊，“还有什么问题吗？”

“没问题！”那位工人平静地回答，他显然已经习惯了工作时上级的突然检查。

“勃兰登堡总是压力太大，性子太急。”费迪南德伯父摇着头小声嘀咕，“再这样下去他就会变成工作狂，都忘了还要结婚成家的事。”

费迪南德伯父转动门把手，与海因里希和埃娃一起走进了办公室。一个在盛夏高温中依然穿着长燕尾服的男子正弯腰调整一个固定在三脚架上的相机，仔细地对着焦距。直到费迪南德伯父和两个孩子走到他面前，他才忙直起身来：“您好！我叫施泰因豪森，受博登湖信使组织委托来采访您。我们想写一篇关于您明天应政府要求试飞的文章。”

“很高兴您能来采访。”费迪南德伯父礼貌地回答。

他打量了这个记者一番："您一定等了很久吧？"

"我四处走了走，也了解了一些您的工作。"记者从他的公文包里拿出了一个本子。

"那很好。但是现在我更愿意亲自回答您的问题。请坐！"费迪南德伯父做了一个"请"的手势。

记者坐下并拧开了钢笔，然后犹豫地看了海因里希和埃娃一眼。

“我的侄子、侄女在场会影响您的采访吗？”费迪南德伯父边问边在桌子的另一边坐下。

“不，那倒不会。”施泰因豪森记者连忙说，“我们就直接开始吧。明天您飞行……或者行驶的路线是怎样的？”

“嗯，我们会飞过沙夫豪森、巴塞尔、斯特拉斯堡、施佩耶尔，最后到达美因茨。”费迪南德伯父看到记者仔细地记下他说的话，非常高兴。

“您会担心天气因素吗？”记者翻了一页，继续问道。

“天气预报的结果比较乐观。一切都会按原计划

执行。”费迪南德伯父自信地回答，“暴风雨预测仪[1]里的溶液是清澈的，这就意味着天气会晴朗干燥。”

“预测仪的预测真的可信吗？”记者来了兴趣。

“还是比较靠得住的。”费迪南德伯父说，“预测仪里的溶液如果呈片状，那么就一定会下雨。夜空里没有星星就预示着雷雨的来临，对我们来说这种天气情况肯定是不利的。”

“您的飞艇总是出问题，”记者往后靠了靠，继续提问，“您为什么这么自信，说这次试飞一定会成功？毕竟您现在面对的是人生中最严峻的挑战。”

“我们学了很多新的知识，飞艇事业也取得了很大的进步。”费迪南德伯父坚定地看着记者的眼睛，“从车间起飞是我们这次试飞中面临的最大的困难之一。首先我们必须脱离漂浮物，然后要给飞艇加氢气，清空压舱袋，然后飞艇就像行驶在铁轨上的火车一样被牵引。”

①注：一种管状的玻璃容器，里面装有化学溶剂。如果暴风雨或者坏天气即将到来，溶液就会结晶，天气晴朗时溶液就保持清澈。

“但是您在平衡位置[1]方面还是有问题的吧？”记者继续深挖。

费迪南德伯父愣住了。不过他很快就回过神儿，想要摆脱记者的这个问题：“平衡位置方面的问题我们已经攻克了。前面和后面吊舱的重量差都是经过精确计算的。这样飞艇在起飞和降落的时候就会完全被控制，不会因为自身的重量而损伤支架。”

“这跟我听到的传言不一样啊……”记者轻声自言自语。他慢慢地从桌上拿起笔帽，仔细地把钢笔拧上：“最后，我能给您照张照片吗？”

“当然可以！”费迪南德伯父站了起来，双臂交叉在胸前。记者钻进了相机后面的黑布里。一道白光在屋里闪过。费迪南德伯父、海因里希还有埃娃都被照了进去。当他们被闪光灯闪过的眼睛还有些冒金星时，记者从黑布里钻了出来。

---

①注：水上交通工具和空中交通工具在稳定和恰当的情况下的平衡。飞艇下两个数吨重的吊舱可以让飞艇做出上升、下降和平稳前进的动作。飞艇上升的时候重心向后，降落的时候重心向前。

“感谢您能接受这次采访！”记者说。他尊敬地朝费迪南德伯父鞠了一躬，还向海因里希和埃娃点头示意。

“我的一个同事会送您去出口。”费迪南德伯父打开门，对一个正往脚手架上拧螺丝的机械师眨了眨眼，示意他送记者出去。

记者出去之后，费迪南德伯父皱起了眉头，对兄妹俩说：“真是个奇怪的人啊，他怎么会有这样的疑

问呢？”

海因里希说：“希望他能尽可能报道飞艇的正面消息。显然，您的某个员工已经把飞艇建造过程中遇到的问题都透露给了这位记者先生，所以他在采访的时候问的问题都很有针对性。”

“如果真是这样，那么我就有理由相信，我的同事里有一个……叛徒。”费迪南德伯父回答，“我明明已经通知过他们，不能让飞艇的负面消息走漏。”

“可是为什么有人偏偏要走漏消息？”埃娃惊奇地问。

“我们不知道这个人的动机，但是我们知道你跟施泰因豪森做采访之前，谁跟他一起在办公室里待过，并且有机会单独跟他说话。”海因里希担忧地看着伯父。

？谁有机会跟记者单独在办公室？

危险的计划

“埃娃差点撞到他，”海因里希说出自己的推理，“他是从办公室里冲出来的，跟逃难似的。”

“但是勃兰登堡为什么要跟我耍阴谋诡计？”伯父不愿意相信，做了一个否定的手势，“这完全说不通。”

“除此之外，沃尔夫也有跟施泰因豪森单独说话的机会，”埃娃也插了进来，“我们并不知道他在通知我们有采访之前有没有跟记者通气。”

海因里希这时候又想起了那时候沃尔夫古怪的行为——他曾经把设计图纸藏起来不让勃兰登堡看：“费

迪南德伯父，我们必须告诉您一些事情。”他手里摆弄着一个圆规，圆规旁放着削尖的铅笔和尺子，有些为难地说：“我们在驾驶吊舱里的时候，您不是不在吗，那时候我们……”

突然门被用力打开了。“您快来啊！”一个机械师张惶失措地跑了进来，抓住费迪南德伯父的手，“一个螺旋桨的驱动装置卡住了！”

“不会吧！”费迪南德伯父立刻冲了出去。海因里希和埃娃还留在办公室里。

“我觉得伯父现在处境很艰难。”海因里希无奈地耸耸肩，“我们必须在飞艇起飞之前找出那个欺骗他的叛徒——伯父也许会有危险的。”

“你想在明天之前找出那个叛徒？”埃娃将信将疑地看着他，“这根本不可能！”

“如果在起飞之前找不出叛徒，我们就一起去！”海因里希下定决心，“这样我们在途中就可以时刻警惕，说不定可以阻止阴谋的发生。”

“沃尔夫和勃兰登堡两个人都将参与美因茨的试飞。”埃娃说，“他们实在是没有谋害伯父的动机啊，否则他们自己也会身陷险境的。”

“这点我虽然不确定，但是他们俩绝对有嫌疑。我觉得他们俩在刻意地隐瞒着什么。”海因里希反驳说，“你还记得沃尔夫把设计图藏起来不让勃兰登堡看吗？”

“当然记得。”埃娃认同哥哥的想法，不由得皱起了眉头。

“但是你也听到了，伯父让我们明天留在这儿。明后两天我们什么也做不了。”

“那我们就悄悄地溜上飞艇。”海因里希毫不犹豫地说。

“咱俩怎么悄悄地溜上去？”埃娃吃惊地看着哥哥。

“那还不简单！”海因里希回答说，“咱们今天晚上就跟伯父说，明天想去看飞艇起飞。这样的话明天他就会带咱们去曼泽尔的车间。然后咱们只要再找个合适的时机悄悄地钻到飞艇前面的吊舱里去就行了。起飞的时候肯定人山人海，乱哄哄的，根本不会有人注意我们去哪儿了。”

“这么简单！”埃娃重复着哥哥的话。一想到要悄悄溜上去美因茨的飞艇，她就紧张得肚子疼。

“费迪南德伯父到哪去了？”海因里希问。他走到门口向外偷看。埃娃站在他身后，踮起脚尖，越过哥哥的肩膀也在偷看。停在车间里的飞艇就像一只静

静等待挣脱捆绑、破茧起飞的大蝴蝶。

兄妹俩找了很久才看到费迪南德伯父，他已经回来了，正朝他们挥手致意。

“是个错误警报！”他松了一口气，“那个螺旋桨运转正常，只是几个弹簧需要调整一下而已。现在大家都太紧张了，脑子都不转了。”

“伯父，”海因里希有些犹豫地开口了，“明天早上我们俩能跟你一起来曼泽尔看飞艇起飞吗？”

“没问题！”费迪南德伯父扶正艇长帽，“只要你俩跟我保证，不许闯祸。”

“咱们现在得赶紧回腓特烈港了吧？”埃娃赶紧转移了话题，同时给几个手拿扳子路过的工人让路，“不然伊莎贝拉伯母该担心了。”

费迪南德伯父从夹克口袋里掏出一块怀表，看了看，点点头：“嗯，没错。已经太晚了。我现在跟你们回去吃晚饭，吃完过一会儿再过来。”

这天晚上，海因里希和埃娃很早就回到房间睡觉了。躺在床上，他们能听到窗外传来的马蹄敲打石铺路面的声音。

“费迪南德伯父坐马车回曼泽尔了，”埃娃摆正了自己的枕头小声说，“不知道他现在怎么样。”

“他肯定很担心，尽管在咱们面前没表现出来。”海因里希在黑暗中回答，“毕竟飞艇是他的生命。”他打了个呵欠，翻了个身。不一会儿埃娃就听到了哥哥均匀的呼吸。她自己却还醒着，眼睛也瞪得很大。明天，他们偷偷溜上飞艇的计划能成功吗？

“起床啦！”大清早，伊莎贝拉伯母就来房间里叫醒他们。睡过头的海因里希和埃娃揉着眼睛，坐起来迅速穿好衣服。他们心急火燎地吞下面包，费迪南德伯父则坐在餐桌旁慢慢地喝着咖啡。他蓝色的制服上挂着金须，胸前还别着一个方向盘形状的徽章，看起来非常庄严。坐在他身边的伊莎贝拉伯母有些紧张地拨开脸上的几绺头发。大家其实都没有胃口。几分钟之后，费迪南德伯父和海因里希兄妹就坐上了马车，沿着博登湖向曼泽尔赶去。湖岸边挤满了等着看飞艇起飞的人。费迪南德伯父到了之后，人群中爆发出了震耳欲聋的掌声和喝彩声。但是费迪南德伯父不为所动，他缓缓地停下马车，走下来，和海因里希兄妹一起踏过过渡板上了船。

车间里的气氛热烈，到处都是机械师、工人和助手，大家都像蚂蚁一样跑来跑去。

“我们需要这里的所有人。”一如既往对工作充满热情，就像汹涌波涛中的一座岩石的费迪南德伯父对两个孩子说，“气箱加满氢气之后，飞艇就要从大厅里的轨道起飞了。到时候必须有 60 个男子抓住固定飞艇的绳子，以免飞艇过早起飞。现在我必须去检查起飞的准备情况了，孩子们，对不住了。”说完他就走向机械师，下达了打开发动机的命令。大厅里立刻充斥着震耳欲聋的轰鸣声，燃料燃烧的臭味也弥漫开来。埃娃用手捂住口鼻。

“咱们去前面的吊舱吧！”海因里希拉着妹妹的手往前走：“咱们从那儿上飞艇！”通往吊舱的阶梯已经为艇员们搭好了。

“快走！”海因里希环顾四周，轻轻地推了妹妹

一下。他看到费迪南德伯父正在飞艇上巡逻，最后一次检查用水填满的压舱袋。“时机到了，我们必须现在进去，不然一会儿就被发现了。”

埃娃左右看了看，所有人都在忙着手头上的工作，为飞艇的起飞做各种准备：有的人拉紧固定飞艇的绳子，有的人正在挪脚手架。没有人注意他们俩在干什么。海因里希看了一眼暴风雨预测仪。勃兰登堡一脸震惊地站在预测仪旁边：“齐柏林先生！您快过来看啊！”

海因里希突然犹豫了，他该不该和妹妹溜进吊舱了。

?勃兰登堡发现了什么危险?

起飞

听到勃兰登堡的呼喊，费迪南德伯父立刻赶了过去。海因里希和埃娃立刻藏在台阶后面。费迪南德伯父看到暴风雨预测仪之后犹豫了一会儿。

“现在天空晴朗，而且太阳也很大，并没有坏天气的预兆。”最后他确定地说，“可能是预测仪出问题了。”他仔仔细细地检查了一遍预测仪，然后指着上面的边缘说：“这里好像有个裂缝。”

勃兰登堡赞同地点点头。

“我们按原计划起飞！”费迪南德伯父做出了决定。

埃娃无助地看了哥哥一眼。

“费迪南德伯父不会冒无谓的风险。今天万里无云，不像是要有暴风雨或者雷阵雨的天气。”海因里希说。趁着费迪南德伯父和勃兰登堡走到远处去检查气箱，海因里希把妹妹从楼梯后拉了出来：“咱们得赶快上飞艇！”

兄妹俩像两只猫一样蹑手蹑脚地上了吊舱，海因里希指着埃娃上次坐过的那把可以掀开的长椅：“快

到这儿来！”他说着，弯腰走到长椅附近，掀开了椅子的座板。兄妹俩先迅速把里面的布罩和压舱袋拿出来，随意放在地上，然后把椅子里的工具堆在角落，最后自己钻了进去。为了呼吸通畅，也为了能听到外面的动静，他们在座板和箱子中间放了一把钳子。兄妹俩通过这个小缝兴奋地往外看。远处传来伯父的声音，他正在为起飞做最后的安排。安静了一阵子后，又传来由远而近的脚步声。当伯父的团队成员一个个进来的时候，吊舱的台阶被踩出很大的响声。

“起飞准备就绪！”阿诺德雄浑有力的声音响起。他是副艇长，在这次漫长的试飞中将和艇长轮流驾驶飞艇。

“准备起飞！”费迪南德伯父大声下令，“把漂浮物拉到博登湖！”

兄妹俩听到一阵隆隆声，然后感觉到飞艇被用力拉了一下。飞艇慢慢地滑到了漂浮物上。

“LZ-4 现在位于车间南部，顺风。”费迪南德伯父很满意，继续大声宣布命令，“松开绳子！”

工人们慢慢地放松了绳子，飞艇就像一只蜻蜓，轻盈地从湖面滑起。

“放开绳子！”巨大的飞艇升到数米高后，费迪南德伯父继续命令。

不一会儿，飞艇就完全脱离了绳子的禁锢。飞艇下方几吨重的轨道缓慢地下沉。飞艇开始处于倾斜状态，要升高飞行高度，飞艇就必须倾斜。虽然兄妹俩在长椅里并不能动，却也感觉到了以前从未经历过的失重。好在这种感觉并没有持续太久。

“是哪个混蛋把布罩放在地上的！”费迪南德伯父突然暴跳如雷，“阿诺德，快把这些东西重新放到长椅里面，免得谁踩着被绊倒。这时候骨折了可怎么办！”

海因里希和埃娃屏住了呼吸。座板被打开了，兄妹俩看着一脸茫然的副艇长。

“我的……天呀……你们是怎么……”他惊讶得

说不出话来，“你们在这儿干什么？”

然后他转身对艇长说：“艇长，飞艇上有偷渡客！”

“现在的人是都疯了吗？我们可没时间开这种烂玩笑！”双腿分开站在方向盘后面的费迪南德伯父一边破口大骂，一边生气地回头。艇上的装配师们看到这兄妹俩也惊呆了。

“阿诺德！现在你来开飞艇！立刻！马上！”认出“偷渡客”就是自己的侄子、侄女之后，费迪南德伯父立刻大喊。副艇长赶紧跑去接过方向盘，费迪南德伯父则向脸色惨白的海因里希兄妹走去。他压着满腔怒火，咬着牙说：“快给我出来！”

两兄妹战战兢兢地从长椅里爬出来，他们从没有见过伯父如此生气。

“你们知道这么做会有什么后果吗！”费迪南德

伯父气得满脸通红："不许再乱动东西了！也别再干傻事了，明白吗？"

海因里希和埃娃乖乖地合上长椅，坐在上面。伯父双手叉腰，摇摇头，看他们俩的眼光充满责备。还好他什么都没做，怒气冲冲地回到方向盘旁边，心烦意乱地推开副艇长，说："还是我来开吧，你照顾一下两个孩子。"

兄妹俩交换了一下眼神，明白这一次他们确实做

得过了头。埃娃的眼睛里已经噙满泪水。

“你们既然已经上来了，就从吊舱里往外看一看吧。”阿诺德对他们说。他对孩子们的怨气已经变成了同情，并在内心深处为兄妹俩的勇气鼓掌。

兄妹俩趴在护栏上向外看时，立刻就被眼前的美景迷住了。博登湖边欢呼的人群已经变得非常小，巨大的车间也只像个玩具。博登湖渐渐地被甩到后面去了。飞艇黑色的影子投射在博登湖面上。他们飞过树

林和山丘，城市里的街道和房子远看也非常漂亮。就这样，他们到达了莱茵河。前舱的发动机都在正常运转，嗡嗡声持续不断。

“时间好像静止了一样。”埃娃惊叹着，把手伸出舷窗。虽然吊舱里几乎没有风，这会儿他们却感觉到了强气流。

“这么大这么重的东西为什么能如此轻盈优雅地在空中飞翔呢？”海因里希完全陶醉了。

飞行在平静地继续。阳光照在他们身上，天空依然万里无云。

“现在太热了。”费迪南德伯父对副艇长说，有些担心地望了望天空。他用袖子擦了擦汗：“气温这么高，氢气又热胀冷缩，我们一会儿必须把氢气放出去一些。”

听到这番话，海因里希兄妹抬头看了看悬在空中好似正在燃烧的骄阳。飞艇快到沃尔姆斯[1]了，发动

①注: 属于莱茵兰——普法尔茨州。

机本来整齐的嗡嗡声却有些变化。

“你听到了吗？”察觉到异样的海因里希问妹妹。

埃娃也竖起耳朵仔细听了一会儿，点点头：“肯定出问题了。”埃娃望着伯父，他正跟副艇长打手势说着什么。装配师们似乎也很不安。

“现在是16点30分，比中午还热。”兄妹俩听到伯父的声音。

“别担心，”阿诺德安慰艇长说，“即便我们要迫降，时间也够用。”

不一会儿，两个孩子就听见过渡板在响，原来是沃尔夫正匆匆地朝他们走来。

“后面的发动机出故障了！机油润滑不够，现在发动机过热了。”沃尔夫大声说。虽然他极力想表现得镇定，可是看起来还是惊慌失措。“气箱里的氢气在膨胀，把飞艇升得太高了。请您下令放掉一些氢气！”费迪南德伯父大喊：“如果只有一台发动机，我们应付不了这么高的高度！”阿诺德听完立刻冲向

栏杆，准备执行命令。

“发动机怎么会出故障？”费迪南德转身看着沃尔夫，“试飞前你不是调试过吗？”

“我也不明白润滑怎么会出问题。”沃尔夫无助地回答。

“那你现在赶紧去修，必须要让发动机的温度降

下来！”费迪南德伯父下令，“你必须留在后面的发动机吊舱里。海因里希和埃娃，你们俩现在跟阿诺德叔叔一起过去，及时来给我汇报发动机的最新情况。”

海因里希轻轻撞了妹妹一下——现在他们在飞艇上终于有正事可做了。

“勃兰登堡那边怎么样了？他手头上的工作做完了吗？也许他能知道发动机到底哪里出问题了。”费迪南德伯父说完由心急火燎地看了一眼万里无云的天空。

“我觉得他应该不知道。”沃尔夫小声回答，“他是装配师，这方面的事……”

“觉得？感觉现在靠得住吗！让你去你就赶紧去！”费迪南德伯父急了。沃尔夫和海因里希兄妹赶紧一个接一个地爬上通往过渡板的梯子。

“你们在这儿等我，”到过渡板上之后，沃尔夫对两个孩子说，“我去问一下勃兰登堡，他的活儿干得怎么样了。”

“我先悄悄地去一下吊舱，”海因里希在埃娃耳边小声说，还给她了一个暗号，“我去听听沃尔夫和勃兰登堡两个人到底说些什么。”海因里希悄悄跟着继续往发动机吊舱前进的沃尔夫。为了听得更清楚，他悄悄地又往门口蹭了蹭。但是发动机的噪声太大，海

因里希只能借助两个人的手势推测他们说话的内容。沃尔夫和勃兰登堡显然在吵架，而且吵得很厉害。但是当海因里希靠吊舱更近一步，看到里面的某样东西的时候，他突然灵光一闪，想起了一件事。

? 海因里希看见了什么?

迫降

没过一会儿，埃娃也来到了吊舱门口："我待不住了！"两兄妹无助地看着吊舱里冒着气嘶鸣的发动机，因为有油不断地滴下来，地板上已经形成了一片油洼。

"咱们跟费迪南德伯父在发动机下面一起找到的螺丝刀，肯定是勃兰登堡的。"海因里希肯定地说，"毕竟他是装配师！"

兄妹俩没有时间思考勃兰登堡的动机。沃尔夫在吊舱里着急地走来走去。他急切地松开了几个塞子，并且用一块布垫着手，免得手被烧伤。

“该死的！”沃尔夫咒骂了一句，跑到一个桶跟前。他的额头汗如雨下：“发动机怎么漏了这么多油？这下必须得迫降修理了。”

“我俩是不是该去叫一下费迪南德伯父？”埃娃咳嗽着问道。吊舱里的空气令人窒息。

沃尔夫点点头：“到了艇长决定我们是否该迫降的时候了。”

兄妹俩又爬上了梯子。他们爬上舱板的时候，天空已经变成了暗红色。黄昏就要到了。一阵微风吹过。两个孩子靠在栏杆上喘着气。

“如果因为发动机故障而迫降的话，政府还会继续支持伯父吗？”埃娃边吸气边问。

“我们必须在 24 小时内完成这次往返试飞。只要能满足这个条件，中间迫降也是可以的。”海因里希双手抓着栏杆上的绳子，回答说。舱板因为起风而有些晃荡，两个孩子尽全力快速跑到了伯父的吊舱。

“发动机到底出了什么问题？”看到两个孩子身

上、头发上，还有衣服上都沾着油污，费迪南德伯父颇有些担忧。

“发动机是因为过热才发生故障的。”海因里希回答说，“而且勃兰登堡也跟沃尔夫一样，什么办法都没有。”

“我们再等等吧，到晚上再降落。”费迪南德伯父

面无表情地注视着远方，继续开着飞艇。兄妹俩谁也不敢去打扰他。渐渐地，天越来越黑了。天空出现了第一批星星。飞艇伴着发动机的轰鸣声继续滑行。

“你们看到莱茵河畔的灯光了吗？”过了一会儿，费迪南德伯父问他们，“这就是尼尔施泰因[①]。我们就在那里降落。”

费迪南德伯父转动方向盘，准备让飞艇降落。

“我们在空中预备降落的时候，”费迪南德伯父一边目不转睛地开飞艇一边向两个孩子解释，“就要关掉发动机，放掉氢气。”

几分钟后，飞艇开始缓慢降落。

“阿诺德，你去通知沃尔夫和勃兰登堡关上发动机！放掉氢气！”最后，费迪南德伯父下了命令。

副艇长从吊舱里爬上去执行命令。5分钟后，发动机的轰鸣声停了。突如其来的安静让人有些害怕。海因里希和埃娃靠在栏杆上，屏气凝神地看着飞艇缓

①注：属于莱茵兰－普法尔茨州。

慢地下降，最终平稳地落地。河岸边已经聚集了很多人，大家不顾夜深来围观飞艇降落。人群中有人认出费迪南德伯父之后，大家立刻开始欢呼。人们从四面八方涌来庆祝这件大事。

“我们要抓紧时间维修发动机，然后继续这次试飞。”对着围观的人群简单挥了挥手之后，费迪南德

伯父就对副艇长下了命令。然后他指着海因里希兄妹说："你们两个就留在这里休息。"于是两个孩子乖乖地坐在长椅上。费迪南德伯父离开吊舱之前，拿过一条罩布，怜惜地盖在他们的腿上。埃娃靠着哥哥的肩膀，她突然觉得很困。海因里希也合上了眼睛。

不知过了多久，两个孩子被再次响起的隆隆声惊醒。不一会儿，伯父就和阿诺德回到了驾驶吊舱，下令起飞。靠着许多志愿者的帮助，飞艇再次起飞，回到了飞往美因茨的航线。再过不到半个小时，LZ-4号就要到达它的目的地了。费迪南德伯父开着飞艇，绕着美因茨从东到西转了半圈，踏上了返航的旅途。地面被灯光照亮的铁轨正好作为他们回去的指引。快到曼海姆[①]的时候，飞艇却不得不再次降速，因为发动机的轰鸣声又出现了异样。

"怎么又出故障了！"费迪南德伯父怒吼着使劲拍了一下方向盘，"真是见鬼！"

---

①注：属于巴登－符腾堡州。

海因里希和埃娃害怕地蜷缩在一起。飞艇下的树林看起来就像一眼望不到底的深渊，中间的农田就像是一个个可怕的黑洞。

“真希望这次试飞能赶快结束。”埃娃在哥哥耳边小声嘀咕，同时用罩布把自己裹得更严实了。

“费迪南德伯父知道自己在做什么。”海因里希握着妹妹的手，轻声安慰着。

“西南边起风了！”费迪南德伯父对着阿诺德喊道，“太危险了。我们现在又出现了发动机故障，怕是没办法应付这场大风了。”

“我们还要再次迫降吗？”阿诺德紧张地问。

“对。时机合适要尽快！”费迪南德伯父简短地答道。

又行进了几千米，飞艇再次放气后，缓缓降落在黑夜里。

“阿诺德，您下飞艇后回腓特烈港再运点氢气过来，我们的库存不够了。”费迪南德伯父命令道，“我会把发动机修好。海因里希、埃娃，你们俩可以去帮工人们固定飞艇的绳子。”

艇长布置完任务，大家就都离开了吊舱。海因里希兄妹俩和沃尔夫、勃兰登堡还没摸着绳子，就看到不知道从哪儿冒出来了一大批人。这群当地的工人、农民和士兵黄昏的时候就看到了飞艇——那时候在地面上看还是个小黑点。不计其数的志愿者一起帮忙固定着飞艇。一会儿工夫，飞艇就被固定好了。海因里希和埃娃看见伯父很快被人群包围，自己连忙往旁边躲闪。兄妹俩想等伯父对他们的火气消了再去找他。于是他们拖着疲惫的身体溜达到飞艇的另一边。

埃娃突然停了下来，在哥哥耳边小声说：“那后面有人！”

在飞艇影子的掩护下，有一个单膝着地，敲着木桩的人。

“那是谁？”海因里希紧紧地抓住妹妹的袖子，让她去看那个人，“你认得出来吗？”

“让我想想。”埃娃一边小声说一边摸着脑袋想。

? 这个男人是谁?

黑暗的一天

“哦，我也知道他是谁了。”海因里希不知所措地盯着那个男人。乌云挡住了即将升起的太阳，光线逐渐变差。

埃娃眯起了眼睛：“他在那里干什么？是想把木桩都拔出来吗？”

“一定要告诉费迪南德伯父！我们早就该告诉他，沃尔夫的举止很可疑。”海因里希抓住妹妹的手，拉着她走回飞艇的另一边。这边已经被人群挤得水泄不通，到处都是临时搭建的帐篷，好像在庆祝什么节日一样。

“伯父在哪儿？”埃娃在人群中边问边退，一不小心踩到了一个女人的靴子。

“哎呀！”那个女人生气地喊道，“找死！你走路不长眼睛啊？你也是来看齐柏林先生的？想都别想了，他已经走了！”

“已经走了？”海因里希吃了一惊。这时候他看见阿诺德正朝他们走过来，阿诺德一边四处张望一边

使劲地拨开人群挤出一条路。

“原来你们俩在这儿！我找你们半天了！”副艇长朝他们喊道，“你们的伯父不得已只能住进希尔施旅馆了。并在那里跟政府方面通了电话，汇报了现在的情况。他已经精疲力尽，经不起折腾了，目前正在休息。”

“你们的伯父？”那个被踩了靴子的女人目瞪口呆地看着海因里希兄妹，然后就被一个男人拉住手拖走了。

海因里希皱起了眉头。埃娃知道哥哥在想什么。应该把他们的怀疑告诉阿诺德吗？

“请问您是副艇长吗？”这时候，一位身穿白色连衣裙、魅力四射的女士微笑着朝阿诺德走来，她抚摸着外套袖子上金色的臂环问道。

“您好！我叫阿诺德！”副艇长微笑着稍稍挺了挺胸，简单地鞠了个躬。

“请给我讲讲你们的旅程吧……”这个女士立刻

黏了上来，试图把阿诺德引到最近的啤酒吧台。

“阿诺德现在有的忙了。”海因里希看着两人的背影，突然觉得饿了，“咱们先吃点东西吧！”

埃娃赞同地点点头，她肚子也正咕咕叫呢。兄妹俩在一个卖香肠的小摊前排起了队。不远处烤鱼的香味使他俩馋得口水都要流出来了。

“这里现在来了多少人啊？”海因里希环顾四周自问自答，“怎么说也得有上万吧。”

“你看上面！”埃娃指着天空，惊恐地捂住了嘴。只见他们上空正笼罩着一片乌云。不一会儿，一阵飓风就狂卷而来，草地被刮得沙沙直响，人群也开始惊慌失措地叫嚷起来。

“我们必须去看看飞艇！”海因里希坚定地迎着风跑开了。兄妹俩跑到飞艇跟前，看到那里已经有许多平民和士兵自发地守在固定的木桩附近，不禁松了一口气。那些人正尝试着压上自己的体重防止飞艇被

风刮走。埃娃和海因里希也紧紧抓住一根绳子。但是他们抓了没多久，绳子居然自己断了，兄妹俩顿时失去平衡倒在地上。海因里希手里只剩下半截绳子，另一半已经飘向空中。

“这么结实的绳子怎么说断就断了？”埃娃疑惑地问道。她的头发和裙子顺风飘荡，她要费很大的劲才能站起来。

“绳子是被割断的！”海因里希仔细地看了绳子之后气愤地说。他给妹妹看绳子整齐的断裂面：“这是沃尔夫干的吗？”

埃娃并没有回答哥哥的问题，也没有研究绳子，而是盯着另一个地方。顺着妹妹的目光，海因里希看见勃兰登堡正在跟两个士兵说着什么。这两个士兵正全力拉住绳索固定飞艇，然后勃兰登堡走到一个士兵面前，一把将他推到一边。体型高大的士兵被推得失去了平衡。勃兰登堡又走向另一士兵，被勃兰登堡行为吓坏的士兵，也被推到了另一边。

“他疯了吗！”海因里希惊怒地喊了出来，跑向勃兰登堡。但是他还没跑到，一阵猛烈的大风就刮了过来，把飞艇带向高空。有人还在努力地拉住绳索，想阻止这一切。可行动终究是徒劳，所有木桩都被风拔起，奋力抢救飞艇的人们被重重地摔在地上。飞艇继续上升，直到尾部被一棵树冠挂住。一道幽蓝泛红

的火焰蹿了上来，吊舱里的布罩瞬间便燃烧起来，飞艇铝制的支架失去了防护。草地上一片震惊的呼喊。人们不知所措地四处逃窜，节日的狂欢演变为一场巨大的混乱。飞艇光秃秃的骨架挂在树冠上，很快就被火舌吞噬。随着一声巨响，飞艇最终裂成两半，跌落下来，最后烧成了灰烬。海因里希跛着脚目睹了这一切。

这时候，费迪南德伯父也赶过来了。天空淅淅沥沥地下起了雨。海因里希和埃娃看着浑身被雨淋透的伯父站在他倾注毕生心血的作品面前，脸色如灰死一般，嘴唇也没有血色。他大声自责："我是个失败者！"

看到伯父这个样子，海因里希心中的怒火窜了上来。勃兰登堡呢？他为什么要阻止大家拯救飞艇？他为什么要把拼死拼活拉住绳索的两个士兵推倒在地？海因里希兄妹俩四处张望，发现了远处勃兰登堡矮小的身影正悄悄地从人群中溜走。"追上他！"海因里

希留下这句话便跑了过去。

不一会儿，海因里希就追上了正往树林奔去的勃兰登堡。他看见勃兰登堡谨慎地环顾四周，然后偷偷地从上衣内兜里拿出了什么东西，接着走进树林，把那个东西扔进灌木丛。扔完东西，他又走了出来，若无其事地再次混入人群。

“咱们快去看看勃兰登堡到底扔了什么重要东西！”海因里希和妹妹在湿漉漉的草地上找了很久，终于找到了被勃兰登堡丢弃掉的东西。

? 埃娃找到了什么?

绑架

“果然绳子是勃兰登堡割断的！”海因里希吃了一惊。他从埃娃手里拿过匕首，仔细看了看：“他不想让飞艇试飞成功，反而想毁了它！这是他这么做唯一的解释。”

突然，勃兰登堡疯狂地从一棵树后蹿了出来，站在兄妹俩面前。

“我就知道！”他边喊边掐住埃娃的脖子，“你们俩一直怀疑我，而且看到了很多不该看到的东西。”他像摇布偶一样使劲地前后摇着埃娃。

海因里希来不及想就冲到他面前，扬起匕首威胁他："放开我妹妹！"

勃兰登堡把埃娃扔到一边，扑向海因里希。他想趁机夺回匕首，却没有得手，反而一头栽倒在泥地里。海因里希顺势朝他的小腿踢了一脚。埃娃吃力地站起来，不知所措地看着打斗的两个人。

"快去叫伯父！"海因里希一边对妹妹大喊，一边试着挣脱勃兰登堡的挟制。埃娃带着满腿的泥巴，冒雨奋力地向回跑去。

勃兰登堡犹豫着该不该追上埃娃，最终他一动不动地站在原地。等到已经看不见埃娃了，海因里希才

舒了一口气，用袖子擦去脸上的雨水。勃兰登堡抓住时机，彻底制服了海因里希，抓住他的手臂，把他往树林里拖。

“反正你已经没有机会了！”海因里希使劲挣扎，力图在泥泞松软的地上留下深深的痕迹，“埃娃一会儿就会带人来救我了！”

勃兰登堡把海因里希的手盘在背后，使劲地把他推倒在地：“给我闭嘴！”踩着海因里希的手腕并恶狠狠地咒骂着。

“啊！”海因里希痛苦地向后倒去。忽然勃兰登堡被树根绊了一跤，滑倒在地，一时放松了对海因里希的控制。海因里希趁机脱身，跑到灌木丛后藏了起来。

“别傻了，小子。”勃兰登堡轻蔑地笑了。他俩就这样对峙着。

“希望埃娃能赶紧回来！”海因里希不无担心地想，手腕又钻心地痛了起来。“如果勃兰登堡再抓到我，我就完了。”

“海因里希！”这时，费迪南德伯父的声音在树林中响起，“你在哪儿？”

“我在这儿！”海因里希连忙大声回答，同时眼睛紧紧地盯着勃兰登堡。听到伯父的脚步声越来越近，海因里希的心逐渐安定下来。不一会儿，费迪南德伯父、埃娃、沃尔夫和三个士兵就走到了他们身边。

“抓住他！”费迪南德伯父命令。三个士兵冲过去抓住了勃兰登堡，勃兰登堡还在死命挣扎，但是毕竟寡不敌众，败下阵来，被戴上了手铐。

“你为什么把绳子割断？”费迪南德的声音非常愤怒，他边说边走到勃兰登堡面前，脸上充满失望，“你想毁了我吗？”

“我不是想毁了你，而是想毁了飞艇！”勃兰登堡气急败坏地往地上吐了一口痰。

“你真的是间谍？”沃尔夫屏住了呼吸，他摸了摸自己被雨打湿的胡子，“我就知道。”

“我是英国政府派来的。”勃兰登堡轻蔑地看着沃尔夫。

“所以您才把设计图藏起来不给他看？”埃娃觉得后背一股的凉气蹿了上来，打了个颤，“您不想让勃兰登堡看设计图，是因为您当时就怀疑他是间谍？”

“没错。”沃尔夫吃惊地看着她，“你是怎么知道的？”

“我们在吊舱里看到您跟勃兰登堡吵架了。”埃娃解释说。

“但是，英国为什么对飞艇这么感兴趣？”海因

里希看着勃兰登堡。

“飞艇可以在战争中充当武器。”勃兰登堡回答，“我奉命监视齐柏林的工作，并且暗中破坏。所以我弄坏了发动机的供油部件。”

“但是当你知道自己也得上飞艇的时候，你曾经想要挽回这个错误。”海因里希沉思，“所以你才会偷偷摸摸地去吊舱。当你想让发动机恢复正常时，我们和叔叔意外地出现在那里的时候，因为逃走得太仓促，所以你把螺丝刀忘在了那里。”

勃兰登堡点头。雨水已经完全打湿了他的衣服。

“然后你还在暴风雨预测仪上动了手脚，想延误试飞。你不想让伯父完成政府方面提出的条件，获得资助。”埃娃全身颤抖着说。

雨停了。乌云渐渐散去，温暖的阳光柔和地洒在大地上。

“所有的人都被你的想法鼓舞。我必须想办法让你得不到私人资助，没法继续发展事业。所以我想借这件事让大家对飞艇的热情冷却下来，更多地注意飞艇的乘坐危险和投资风险。”

费迪南德伯父看着勃兰登堡直摇头：“人类已经不能阻止飞艇事业的发展了——这一点没人可以改变。”

“我一开始就觉得你的行为很可疑。”沃尔夫指着他说，“你总是想知道所有细节，无论那些东西到底跟你的工作有没有关系。你总来找我，想尽各种办法从我这里套到更多跟你的工作无关的信息。”

“那为什么不把您对勃兰登堡的怀疑早告诉我？”

费迪南德伯父问沃尔夫。

“因为我没有证据，一切只是揣测。”沃尔夫解释说，“我不想告诉任何人，以免打草惊蛇。也说不定是我多心了，可能只是一场误会。”

“那您为什么要把木桩弄松？”埃娃问道。

“弄松？你怎么会这么想？我只是发现有人把木桩拔出来了而已。当时我就觉得，我们之中肯定有内奸。但是我一直不能确定那个人是谁。当然，勃兰登堡嫌疑最大。”沃尔夫挑了挑眉毛。费迪南德伯父叹了口气，看着他冻得打战的侄子、侄女。

“我们得换上干点儿的衣服，不然都得感冒。都去希尔施旅馆吧，那里肯定已经准备好热汤等着我们呢。”费迪南德伯父对海因里希兄妹和沃尔夫说。然后他转过身吩咐士兵：“请你们把勃兰登堡押走。”

费迪南德从树林里出来时，草地上已经有许多人在等待他了。大家认出费迪南德伯父时，先是安静了片刻，紧接着便爆发出雷鸣般的掌声。

“您真勇敢！太勇敢了！”一个工人边喊边从裤兜里掏出钱包向费迪南德伯父扔了过来。齐柏林含泪捡起钱包，高高地举起：“谢谢家乡的亲人们！谢谢你们对我的信任！在这里我向大家保证：飞艇还会继续飞下去！”

人群中再次爆发出喝彩。一个女人高呼：“齐柏林万岁！”“齐柏林万岁！”人群也跟着喊了起来。

海因里希看着埃娃，埃娃也看着海因里希。他们都笑了。一场风波平息了！而且他们确定，下一次伯父一定会正式邀请他们坐飞艇的。

附录 1：答案

银色的雪茄

“亲爱的海伦！现在当然没有人支持我，因为没有人敢往火坑里跳。如果这次试飞失败，我们可能都完了。”

一个巨大的挑战

路程总长是 700 千米，时间是 24 小时，所以平均速度大约是每小时 29 千米。

漂浮的车间

沃尔夫把设计图从墙上拿下来，塞进了自己的口袋。

神秘的脚步声

海因里希在发动机后面发现了一把螺丝刀。

叛徒

勃兰登堡是从办公室里冲出来的，当时记者正在办公室等着采访费迪南德伯父。所以在费迪南德伯父接受采访之前，勃兰登堡是有机会跟记者单独交谈的。

危险的计划

勃兰登堡旁边的架子上摆着暴风雨预测仪里的溶液，溶液有结晶的情况，这意味着可能会有暴风雨。

起飞

勃兰登堡身后的墙上，正中间的位置少了一把螺丝刀。

迫降

那个人是沃尔夫，埃娃看见了他的秃头。

黑暗的一天

埃娃在灌木丛中发现了一把匕首。

附录 2：费迪南德·格拉夫·冯·齐柏林生平

◆ 1838 年 7 月 8 日，费迪南德 · 格拉夫 · 冯 · 齐柏林在博登湖畔的康斯坦茨出生，与他的兄弟姐妹一起在格尔斯堡（Girsberg）长大。

◆ 1853 年，在斯图加特（Stuttgart）的高等综合科技学校上学。

◆ 1855 年成为路德维希堡（Ludwigsburg）军校的学生。

◆ 1858 年成为符腾堡王国军队的少尉，在图宾根的大学开始政治专业、机械制造专业和化学专业的学习。

◆ 1863 年作为旁观者经历了美国内战。

◆ 1866 年成为总参谋部军官。

◆ 1869 年与伊莎贝拉 · 冯 · 沃尔夫（Isabella von Wolf）在柏林结婚。

◆ 1870 ~1871 年，因在普法战争中出色的侦察工作而名声大噪。

◆ 1879 年女儿海伦出生。

◆ 1891 年由于发表批评言论而被军队开除。

◆ 1898 年申请“可驾驶空中交通工具”专利。

◆ 1899 年建造了第一个可驾驶的飞艇。

◆ 1900 年 LZ-1 三次飞越博登湖。

◆ 1906 年建造了 LZ-2，是它在第一次试飞时被暴风雨摧毁。

◆ 1908 年凭借 LZ-3 的成功试飞获得皇帝的欣赏，成为骑兵队的上将。军队管理层买下他的飞艇。同年 LZ-4 在艾西特丁根（Echterdingen）[①]烧毁。

◆ 1909 年建造“齐柏林飞艇有限责任公司”。齐柏林飞艇投入民航使用。

◆ 1917 年 3 月 8 日齐柏林卒于柏林。

①注：位于巴登－符腾堡州。

附录 3：齐柏林和齐柏林飞艇

齐柏林

齐柏林出生于一个殷实的家庭，5 岁时就开始跟着家教上课。当他还是个少年的时候，他就对技术很感兴趣。17 岁他进入军校上学，3 年后就成了少尉。除此之外他还在图宾根读大学，读了政治学、化学和机械制造三个专业。

齐柏林在美国待了很长一段时间，在那儿他第一次坐了热气球，这次经历让他萌生了制造可驾驶的热气球飞行器的想法。回到德国之后，他被符腾堡王国的国王封为副官。直到他的军事生涯结束，他才有时间研究他的“可驾驶热气球”。前期的失败并没有把他吓退。为了飞艇事业，他投入了自己所有的财产。他最后一次乘坐飞艇是 76 岁。

齐柏林飞艇有限责任公司

1908年5月，齐柏林的第四个飞艇在艾西特丁根的一片草原上烧成了灰烬。费迪南德把他所有的财产都投入了飞艇事业。在看到飞艇烧毁的时候，他觉得自己破产了。但是“艾西特丁根黑色的一天”却引来了人们为他捐助的浪潮，一个自发的捐助人最终为齐柏林带来了600多万马克的资助。齐柏林就用这笔钱建立了“齐柏林飞艇有限责任公司”和“齐柏林基金会”。

到1914年，“德国飞艇业股份公司”共资助了超过1500次飞行和35000个人。后来“银色的雪茄”被飞机取代，但是即使到现在，仍然有许多人非常喜欢飞艇。

想要了解更多关于齐柏林先生和他那个时代的故事的人们，可以去腓特烈港的“齐柏林博物馆”，那里向全世界展出各式各样的关于飞艇技术的收藏和齐柏林飞艇的历史，不容错过。

齐柏林去世后的飞艇业

齐柏林的离世绝不意味着飞艇业发展的停滞。1924 年，一艘飞艇横渡了大西洋；1929 年，一艘齐柏林飞艇甚至环行了世界一周。坐飞艇出行变得越来越方便，许多有钱有名气的人都坐飞艇出行。尤其是在 20 世纪 30 年代的时候，飞艇上乘客房间的奢华程

度跟今天豪华轮船上的相比也毫不逊色。

最有名、最漂亮的飞艇要数“兴登堡号”了，它配有一个吸烟室、一间酒吧和浴室。但是它最后出了一次严重的事故，1937 年 5 月 6 日，“兴登堡号”在纽约附近坠毁，当时艇上共载有 97 人，其中约三分之二生还，这不得不说是一个奇迹。

附录 4：来做个试验吧

氢气的密度比空气小。或者说，氢气比空气轻。所以用氢气做填充物的飞艇可以在空气中飞翔。

如果你想知道油和水哪个密度小，不妨做一个这样的试验：用一个透明的玻璃杯或者纸杯，先往里倒半杯水，然后再倒半杯油。为什么这两种液体不相溶呢？

原因很简单，因为水的密度比油的密度大。所以油漂浮在水上面。如果你再拿点儿小物品（例如葡萄干、钉子、葡萄、面条等）放进玻璃杯，有些东西会沉下去，有些却会漂浮在表面。现在你知道为什么了吧。

附录 5：作者和插画家介绍

作者——安内特·诺伊鲍尔（Annette Neubauer）幼时就喜欢研究蹊跷的事，胜过玩布娃娃。她至今还崇拜马普尔小姐[①]。马普尔小姐的侦探故事总是将幽默和智慧融为一体。除了写作之外，安内特·诺伊鲍尔还在居特斯洛赫开了一家教育机构。

插画家——约阿希姆·克劳泽 1968 年生于莱茵河下游的肯佩市（Kempen），现在跟他的妻子和两个孩子住在耶伏尔（Jever）。他大学是在明斯特（Münster）的一家应用科技大学上的，专业是图形设计。1997 年起他就作为自由职业者为各种游戏和各家出版社的儿童读物创作图画或者插图。

①小说作者是英国女作家、有“侦探推理小说女王”称号的阿加莎·克里斯蒂。她的《马普尔小姐探案》是一部侦探小说集，也被改编拍成系列电视剧。——译者注